欣悦并辉

安震 ◎ 著

台海出版社

图书在版编目（CIP）数据

欣悦弈辉 / 安震著 . -- 北京：台海出版社，
2020.9
ISBN 978-7-5168-2709-3

I.①欣 … II.①安 … III.①长篇小说－中国－当代
IV.①I247.8

中国版本图书馆 CIP 数据核字 (2020) 第 159723 号

欣悦弈辉

著　　者：安　震
出 版 人：蔡　旭　　　　　　　　　封面设计：树上微出版
责任编辑：王　艳

出版发行：台海出版社
地　　址：北京市东城区景山东街 20 号　邮政编码：100009
电　　话：010-64041652（发行，邮购）
传　　真：010-84045799（总编室）
网　　址：www.taimeng.org.cn/thcbs/default.htm
E - mail：thcbs@126.com

经　　销：全国各地新华书店
印　　刷：武汉市金港彩印有限公司
本书如有破损、缺页、装订错误，请与本社联系调换

开　　本：880 毫米 ×1230 毫米　　　1/32
字　　数：31 千字　　　　　　　　　印　张：3
版　　次：2020 年 9 月第 1 版　　　　印　次：2020 年 9 月第 1 次印刷
书　　号：ISBN 978-7-5168-2709-3

定　　价：39.00 元

目 录
CONTENTS

第一章　倾国红颜离开故园.................. 1

第二章　到达柳州为钱而嫁.................. 5

第三章　遇到山贼公子相助..................10

第四章　渐生情谊却要离别..................26

第五章　泉州再见共谱情缘..................37

第六章　爱情升华准备婚事..................43

第七章　红颜薄命王爷抢人..................51

第八章　孤单清冷两年再见..................61

I

第九章　救下公子再次离别..................67

第十章　河中被救渔舟生活..................70

第十一章　得到消息去往蓉镇..............75

第十二章　见到公子却让离开..............78

第十三章　为爱相拥公子离去..............83

第十四章　共投悬崖祈求永爱..............86

第一章

倾国红颜离开故园

九月，秋色迷茫，几朵淡淡的云彩飘浮于青空之上，清澈的小河环绕着青翠的山峦远远流去，远山映着黄日，蓝天接着碧水，萋萋芳草幽幽地伸向远方。我站在园中远望着迷人的秋色，这里到处弥漫着桂花的香气，微风拂过，馨香的花瓣纷乱地在青花岗石的台阶上飘坠，清冷的雾气飘浮在湖面之上，将湖水染成碧绿。我站在秋风之中，乌黑的长发和粉色的裙摆也随风飘起。我仰起头，任这馨香的花瓣飘落我白皙的容颜，我伸出手指轻轻捧一把飘零的花瓣雨，洒向天空。

细长的柳枝也曾翩翩起舞，现在却似乎显得萧条起来，阁楼上珍珠帘儿卷起，只有轻柔的风声在房间里回响，顿时觉得楼宇空虚。眼前这芬芳美丽的家园伴随我已有十八年，留下许多动人的回忆。平日里，我和婢女就在这里捉迷藏、荡秋千，这青柳红花之间留下过许多欢声笑语，还有不远处那荷叶飘香、清澈见底的池塘，记得小时，在奶娘的看护下，我就在这池中畅游玩耍，还有在每年荷花绽放时，就轻划着小船漫游于水面之上赏荷花、摘莲子。多么美丽清雅的家园，如今再细细凝望时，只是徒增一些感伤，因为即刻我们就要离开这里，远走他乡。

我叫欧阳兰欣，年芳十八，父亲在朝中

出任尚书，位高权重，家业丰厚，自小在锦衣玉食的生活中长大，在琴棋书画、诗词歌赋的熏染下成熟。许多像我这样在家境殷实舒适安逸中长大的富家小姐，成年后都会嫁给某个皇亲国戚或朝中的高官子弟，我以后的命运似乎也被父母这样安排好了。我的外貌，应该算标致，因为在众人眼中，总被赞誉为国色天香，父母也因我而喜悦。我希望以后能够自己选择爱情，可是对自己未来的命运，谁人又能知晓呢！

父亲平日里为人刚正，得罪了朝廷中不少的奸臣小人，此刻离京城不远有叛党正在作乱，皇宫里众人忧心忡忡。其中一个叛党头目与父亲是同乡，早年熟识，因此受到朝廷小人的陷害，龙颜大怒，父亲被皇帝贬为庶民，家业没收，并指派即刻迁往柳州。我们带上家中所用乘着马车渐行渐远，离开故园。我极目远眺，茶花在秋风中凋残，澄清的溪水静静流淌，两边苍翠的群山往后退远，华丽金碧的宅院远远离去，脑海中过去繁华的景象慢慢消逝，只有清冷的薄雾和幽草在秋风中泛着碧绿。以往仿佛过眼云烟，我不禁想到京城的陈公子，那一次在庙会上，吟诗作对颇具文才的他与我相识，我们情意相投，他曾说过等考取功名之时就来我家提亲，只是如今我举家迁到柳州，他一定会有耳闻，不知为何不来见我，难道是为了免于离别的伤愁？

第二章

到达柳州为钱而嫁

　　一路劳顿，终于到达柳州，只见湖水漾起绉纱般的波纹，杨柳在风中摇曳，周围弥漫着秋的微寒。这里的宅院再也没有昔日的华丽和庞大，我们的生活也变得简朴起来。父亲也曾是朝中栋梁，叱咤官场，而如今，被小人陷害故园没收，举家远离京城流落偏僻之地，父亲郁郁寡欢、忧思成疾，卧床不起。日暮昏朦，空中传来雁鸣，只见厚厚的云层却不见哀鸿的踪影，我以往华美艳丽的衣裳此刻也无心穿在身上。一路走来，生活所用，再是购置宅院，家中积蓄已花去多半，现在给父亲拿药治病、家里继续生活，依旧是不小的开支，生活越发拮据起来。曾经我得意自己有纯白如雪的肌肤、乌黑飘逸的长发、优美娴静的体态，在众人眼里，我柳叶弯眉、红唇皓齿，相貌仿佛无可挑剔，想我也饱览群书、善于书画、精通音律，可为了生存必需的金钱，现在却是无能为力。我青眉紧敛，感到忧郁。父亲的一位故友李先生来看望我们，给了家里一些援助，然而挨过几日后，家中还是显得捉襟见肘起来，一连几天我看见母亲唉声叹气，她那欲言又止的神情似乎有话对我说。我向母亲询问，她才说出李先生向他们提出有意让我许给他的一位亲戚——本地刘姓的员外，这家姓刘的老爷原是司员外郎，前两年外出公干时因公殉职，家里得到丰厚抚赏，他儿子袭承了员外官职，这个刘员外三十多岁，不久前他的夫人因病离世，现在还未再娶。刘员外家千亩良田、家大业大在当地首屈一指，如果我能嫁于他，对现在我们落寞的家庭是莫大的帮助，家里以后自然是衣食无忧。母亲叹气："但当真那样，怕只是委屈了你。"我感伤无语，这一晚，我没有睡，任一弯残月低低地映照在雕花的窗棂上，也映照着我的心事。第二日，我告诉母亲我暂时应允了此事，也要先去刘家看一看，母亲知道我同意也是为了这窘迫的家庭，没有再说什么。我提出如果真的嫁过去时一定要带我的丫鬟翠儿一起，翠儿小我两岁，九岁时没了父母就来到我家跟了我，平日里我们虽为主仆，可私下情同姐妹。

　　没过几日，李先生又来家中，母亲告诉

他我的意思，李先生很高兴："那我们快快起身，到刘家拜访。"母亲与我同往，我们乘着马车从早晨走到天黑才到了刘家，虽已天黑，还是可以看出刘府很大，各个建筑都非常殷实气派，颇有以往我家在京城时的风采。我们一同在刘府堂屋会面，老夫人很热情，刘员外三十又七，倒也是个和善之人，只是身体看上去有些病弱，他和老夫人见到我后，都甚是喜悦。他们家中还有一个青年男子，没看清样貌，只是听到下人叫他"弈公子"，听说是刘员外的表弟。他们问起我的意见，我说："一切由母亲操办。"大家商量好后第二天我们回到了家中。

过了两天，刘员外来家里拜见我父亲，也是来下聘礼，他出手非常阔绰，送来许多绫罗绸缎、金银珠宝。父母看到刘员外为人不错，家境富足，而现在我们这萧条之家能与他家结为亲家，自然甚是满意。在和父母商榷过后，选定了婚娶的日期。

第三章

遇到山贼公子相助

转眼间，到了成亲的日子。辽阔的长空云影凌乱，翠绿的山谷，鸟儿高飞远去，该有的寂静被喧天的锣鼓所代替。刘员外送来的彩礼丰厚而隆重，众多邻里乡亲围在屋外，等待一睹我穿上新衣的姿容，娶亲的队伍气势庞大，接我的轿子华美富丽，停在门外已候我多时，然而突然听说来接我的却不是刘员外，而是他的表弟弈公子。原来刘员外近两日突感不适，今日虽是婚期，却实在不能亲自出门来接我，就让他的表弟弈公子代为前来把我接回家中。其实对我来说是谁来又有什么所谓呢？我只是完成一桩对父母的孝举罢了。我头戴金银翡翠的凤冠，盖着华彩的盖头，穿着缀珍珠饰花纹的新衣，隐隐散发着幽兰的香气，内心却没有高兴的心情。我缓步到接我的华美富丽的轿子前，周围的人一阵喧闹不已，想到离别父母，想到自己竟是这样就出嫁了，心有不忍，我拥在母亲怀里轻声哭泣起来，母亲不住地安慰我。轿子候我多时，迎亲的队伍在前边显然已等得不耐烦了，只听一个男子清脆柔和的声音："欧阳小姐，还是上轿吧，离别是苦，但奈何不了岁月啊。"

是啊，岁月无情，我能免于离别吗？我叹了叹气，忍住哭泣，上了轿子，翠儿劝我道：

"小姐，不要伤心了，今天毕竟是成亲的日子，还有我一直陪着你呢。"

感到欣慰的是还有翠儿伴我身边，我上了轿子，渐渐远去，想起我的父母，想起曾经的生活，想起这无奈的婚事，我也曾梦想美丽自由的爱情，却没想到会有现在，难道这就是我的宿命吗？正在思索之时，忽闻外面吵闹，翠儿喊道："小姐，不好了，我们遇到山贼了。"

原来我们正经过的这座山草木茂盛，山路狭窄，偶有强盗出没。轿子已经放下，我掀开盖头，向外望去，不远处几十个歹人手拿刀斧，大声叫嚷着向迎亲的队伍冲来，旁边只见一个俊朗的男子骑在马上，被几人护着，应该就是弈公子了。他大声喊道："保护欧阳小姐！"不过迎亲的队伍都没有兵器，看到凶恶的强盗，都吓得跑散开来。忽然，有个山贼向轿子扑来，他骑马拦住山贼，对我喊道："小姐，快走。"

我与翠儿匆忙向后跑去，混乱中，翠儿与我跑散。几个山贼追了过来，我很害怕，不甘落入歹人之手，山势不算陡峭，山谷下草木丛生，我就势跳了下去，只听一个声音："小姐，当心。"然后我天旋地转，失去了知觉，当感觉有人把我扶起时，睁开眼见我已到了山下。这里草木葱郁，我正躺在一片草地上，凤冠早已散落，新衣也凌乱不已，我刚刚受到惊吓，滚落下来又受了伤，感到十分虚弱。是刚才那个年轻男子把我扶起，我细看他的面容，只见他浓眉大眼．仪表堂堂，显出一脸的正气。

"你是弈公子吧？"我虚弱地问道。

他托着我的肩膀，满眼真诚，关切地看着我："是的，在下叫弈辉，是刘员外的表弟，这两日表哥实在是身体不适，就让我今日代为前来把欧阳小姐迎回家中，却不想遇上山贼，你还能站起来吗？"我才感觉左小腿钻心的疼痛，可能在刚才滚落过程中，被山石划伤，鲜血已浸染了裙角。他用布条缠绕，简单给我包扎住伤口，山上面吵嚷声慢慢接近，那些山贼好像快追下来了，"快走，我们还得躲避一下。"弈公子扶起受伤的我，我才看到他也衣衫褴褛，一走一拐，我心一动，原来刚才看我滚落下来，他也跟着跳了下来。

两边耸立着墨绿的山峰，落日的余晖散落在山谷之间，点点树鸦栖息在暮色中的槐树之中。他扶着我穿梭在山下的松槐之间，前面不远处树草掩映下有一个山洞，我与他躲了进去。此刻的山洞昏黑一片，外面很久没有响动，只听见山洞有水滴下的声音，滴答，滴答。我和他就这样静静地待在昏暗之中，我惶恐的心如秋潭的水沉静下来，他守在我身边，似乎有种可以依赖的感觉。良久，听他说道："欧阳小姐，伤还严重吗？"

"我也不知，只是觉得有些疼痛，谢谢你救我，为什么跟着跳下来，因为要奉命行事吗？"

"不只是奉命行事,欧阳小姐如此美貌，怎么忍心让你受到伤害。"

"谢谢夸赞，也是啊.我应该要成为你的表嫂，有什么闪失，你回去也不好交代的。"

"欧阳小姐，请放心，有我在，一定会护你周全的。"

"谢谢你，不用总叫我欧阳小姐的，我叫欧阳兰欣，你叫我兰欣就可以了。"

"欧阳兰欣，很好听的名字，那我就先叫你兰欣吧。"

"听他们都叫你弈公子，可以说些你的

事情给我听听吗？"

"好的，在下唤作弈辉，家母是刘老夫人的妹妹，家住在七十里外的桐城。家父是一名教书先生，家境远没有员外家这般富裕，我早年也熟读诗书，偶尔也使枪弄棒。两年前，在我十八岁时，正想去谋取功名，不料家乡突发洪水，家园被毁，家父遇难，为了赡养寡母，就来投奔到姨妈和表哥家里，在这里谋一个安身之所。我平时就帮着刘府处理些日常事务，府上的人给我个尊称，叫我弈公子罢了。"

"哦，你安心于现在的生活吗？"我问道。

"寄人篱下总还是不舒服的，我们有时候都不能左右宿命，你还不是一样，你嫁我表哥刘员外也不是出于本意吧。"他倒也说对了我内心的想法。

我的伤口还在痛，感觉还在慢慢渗出血

液，山洞里漆黑一片，只有微弱的星光照射在洞口，阵阵寒意侵袭过来。

他说道："我要出去，给你找些治伤的药，包扎好伤口，否则会更严重的。"

"可能已到半夜了吧，这附近你可熟悉？到哪里去找啊？"

"现在回刘家，来回恐怕要两三天的时间，会耽误的。我只有就近找些药来，还要找些吃的来，不然我们就很难走出这山谷，你有伤，先休息不要动。"他在淡淡星光下找了些干草为我铺好，扶我坐下。

"你躺着休息不要动，等着我回来。"看着他的身影一闪，消失进了黑夜。

秋夜的凉风吹起树叶沙沙地响，我的思绪也在这声音中飘浮。我不知道人是不是真的都有自己的命运，我没料想到有今天，也没料想到会和他相识，在漫漫的黑夜我的生命却似乎系在这个叫弈辉的男人身上。我又冷又饿，伤口的疼痛隐隐纠扯着我的心，我忍住疼痛所能做的，就是躺在这静静地等待。眼前是无尽的黑暗，我的生命也仿佛一丝丝地流逝，流逝在这黑暗之中。老天啊，你不能收回我，我才刚到了青春的年纪，还没有真挚地爱过，你怎么能够收回我？我留恋阳春三月杨柳堤岸上暖风轻拂我的长发，我留恋古琴律动那美妙的声音……而我现在只能静静待在这黑暗中。渐渐的，我的意识变得模糊，弈公子还会不会回来，会为我疲劳奔命吗？他有可能出去被那些山贼抓走或者正在某处舒适地待着……我思绪慢慢远去，仿佛一丝一丝地融进夜晚山洞无尽的黑暗里。

"兰欣，快醒醒，快醒醒。"我被一阵轻柔的声音唤醒，我睁开虚弱的双眼，是弈公子，他真的回来了。他点燃一堆篝火轻轻

地扶起我坐好。我借着火光看他，剑眉星目，
刀刻的轮廓显示出坚定。

"谢谢你，能够回来。"

"我答应过的，就一定会回来的。" 我
心中充满感激。

"喝点水吧，这有些创伤药，给你敷上，
要包扎好，不然会严重的。"

看着他扶着我受伤的左腿，小心翼翼地
为我敷药、包扎，我有一丝羞怯，更多的是
一种暖暖的感觉，这个男人应该是很可靠的。

"谢谢你，这一趟辛苦你了。"

"没什么，能为你做这些事我是心甘情
愿的。"

看他那风尘仆仆的样子我知道他一定很
辛苦，躲避了山贼，披着星光踏着露水在山
林里穿行，给我带回了创伤药、干净的衣物，
还有泉水和糕点。而这已经过了大半夜了，

我以为我会在旷世的黑暗里静静离去，但他没有离弃我，用他那真诚善良的心救助了我。

我们吃过些糕点，休息了片刻，走出了山洞。将近拂晓，山中空气清新，绿叶上晨雾欲滴，山鸟在林中高飞鸣叫。我的伤口敷药包扎好后，不再那么疼痛，但走起来还是有些吃力，而他因为劳累奔波，也显得有些体力不支。我们走得很慢，到黄昏时，我们找到一家客店休息，我睡在房内，他守在我的门外。一整夜，我睡得很安心。这个男人，让人觉得欣慰，想起他对我的关照，让我觉得他离我的心似乎很近。

天亮了，我们继续赶路，就要来到刘员外家时，他说道："兰欣，你马上要成为我的表嫂，可你我孤男寡女一路同行，表哥家人见了，难免会有一些说法，我看你还是一人先回刘家吧，我等等再回，他们要问起时，你就说你一人在山洞避险，后来受了好心人的帮助，才得以安全地回来，这样会省去些不必要的麻烦。"

我听了，有点无奈："你为我这个表嫂倒也想得周全。"

我一人来到刘家，见我平安到来，刘家都还是高兴的。迎亲路上出了变故，刘员外忧心病情加重，现在听说我又回来了，他执意起来看我，见到我平安无事，他显得也很高兴，只不过还是一个劲地咳嗽。府上都赞誉我的美貌，似乎都忘记了弈公子还没回来，老夫人向我询问，是否被抓，这过了两天是如何来到这里。

我想起弈公子的顾虑说道："当时山贼逞凶，我在混乱中不小心滚下山，受了点轻伤，后来一人在山洞躲避，过后，在一对种田老人的帮助下才又来到这里。"

老夫人没再说什么，把我安排在了清水园。令我欣喜的是看到了翠儿，原来她也没什么事，还来到了刘家。

"小姐，你是如何躲避的啊，那天混乱之中和你走散了我好害怕啊。后来幸好附近有一群十多人的猎户，在他们弓箭的威慑下，那些山贼抢了些值钱之物就退去了。我们找不到你，只有回来，都为你担心不已呢。小姐好人好命，终于还是回来了，不然，我也活不下去了。"

"翠儿不用担心了，现在我不是完好地回来了吗？"因为劳累，翠儿伺候我洗浴完毕后我就躺在雕花木床上，沉沉睡去了。直到第二天中午，温和的阳光轻拂我的脸庞，清脆的鸟鸣把我唤醒。

看到翠儿时，我问道："刘府的弈公子可否回来？"

"哦，回来了，今天早上回来的，风尘仆仆的样子，还好，人没什么事。"

我暗想，原来这个弈公子在外待了一夜，今天才回来，真有点难为他了。

"小姐，怎么问起他？"

"那天他总是招呼家丁们保护我，也总算不错的。"

"这样啊，回来了的，别担心了，不过那个弈公子还真是蛮英俊的，是吧，小姐？"

"是什么啊，他也总是刘家的人吧，我也是想起才问问的。"

"哦，小姐，不过我听到了些消息，也不知是好是坏。"

"什么消息啊？"

"是这样的，我们遇见了山贼，混乱中没有找到小姐，这过了两天你又独自一人回来，府上人都说穷山恶岭的，虽庆幸小姐没事，但还是奇怪，还有的说已经看到你被抓走了呢。你虽回来了，但现在刘员外病还没好一直卧床，也不能完婚了，外面还说小姐貌美无比，不同凡人，准备成亲刘员外就一病不起，一出嫁就遇到山贼，都说小姐……"

"说什么？"

"说小姐……命硬克夫，是不吉利的，看来后面能不能完婚还不一定了。"

听完后，我的内心反而释然起来。

刘员外还是病着，我仍旧待在这清水园里。园内花草葱郁，池水清澈，亭台伫立，百鸟鸣唱，幸好还有翠儿陪我，而弈公子却不知在做些什么，回来后再也没有见到过他。老夫人要我就待在园里少走动，我感觉如同被关了禁闭，但我的心儿渴望飞翔，现在却好像断了翅膀，想起父母年迈，我又沉下心，平静地待在园中。细雨蒙蒙，垂柳轻拂着栏杆，珠帘下垂，画眉鸟鸣叫着飞过石榴树。我如水的肌肤在皓月下映照，我花样的年华在这园中流逝，听说外面传言这清水园内关着个不吉利的绝世红颜。

第四章

渐生情谊却要离别

这天清晨，我在园内漫步，忽然看到前面花圃旁的一个身影有几分熟悉，分明是弈公子，我心一动走了过去，轻唤道："弈公子。"

他回头看到我，果然是他，依旧清朗，他眼中似乎闪过一丝喜悦。"近来，你可好吗？"他轻声地问道。

我脉脉地看着他："就一直待在这园里，有什么好不好的，怎么，你不叫我的名字了，忘了吗？"

"不是的，兰欣，没有忘啊。"

"你采这些花草做什么？"

"表哥的病情又加重了，这园中花草众多，我来采些可以入药的。"

我轻叹："莫非，我果然是不吉利的吗？"

"不要这么说啊，今天，清风徐徐，我给你扎个风筝吧。"

"好啊。"

他给我做了个色彩绚丽的蝴蝶风筝，我欣然地拉着线让风筝高高飞起，看着那只美丽鲜艳的蝴蝶高高地在蓝天上飘飞，我的心情也好像在自由的天空放飞，我也渴望做只风筝高高地飞翔，只是谁肯做那放飞的人。

寒蝉销声匿迹，园中飘着菊花的香气，这天我在回廊的彩画上，看到了美丽的洛神画，洛神的长发和我的青丝一样如瀑布般流泻，想我自己同画中一样也是长眉弯曲，红唇鲜润，牙齿洁白，眼神明亮善于顾盼，姿态优雅，举止娴静。我与洛神比起来谁更美丽一些呢？我欣然摘了朵菊花学画中的洛神一样戴在头上，学着她微微抬头侧目微笑。就当我侧目时，忽然看到弈公子抱着一把瑶琴站在旁边微笑，想起刚才自己的陶醉，我微微有些脸红，轻轻质声道："怎么过来连声音都没有？"

他还是微笑，"不是我没有声响，大概是你学洛神太专注了吧。"这个弈公子，我斜睨了他一眼，他笑着拿过瑶琴，"送给你，闲散时候，你也好拨弄拨弄琴弦。"

"是吗？我看看。"我接过瑶琴，看到这是一把上好的古制瑶琴，整个琴用桃木做成，长方形的琴面与刻有桃花纹的琴底合成，在项腰两旁有月牙形凹入，底板两个圆形的龙池，腰中近边两个细空雁足，玉石的徽柱，上好的马尾琴弦，此琴造型优美，为落霞式，从琴面上细致的梅花断纹可以看出是把琴音透彻年代久远的上好古琴。

"这把琴可真好啊，你要送给我吗？"

"这把琴是前朝名匠所制，我知道你善于抚琴，想你平日在这园中也无事，就用平时的一些积攒买来送给你。"

"谢谢，让我怎么感谢你呢？"

"为我奏一曲美妙的琴音就可以了。"

皓月慢慢升上夜色，我回到房中，用心弹奏着瑶琴，优美的声音传过清风，一定被哪位知音听到，因为有一曲优雅的笛声与我相和。

这天，我又在房内抚琴，忽然翠儿进来，见她手里拿着些新衣和精致的首饰，我停止抚琴问翠儿这些东西哪里来的，她支吾了一会儿才说出。中午她去厨房端午膳，路过书房，从窗户看到有些银两摆在桌上，一时贪心，私自拿了一些。想起我们日日闷在这清水园，就去买了些喜爱的东西，我厉声道："翠儿，即使刘家对我们不好，也不该偷拿刘家的钱，要是追查下来，如何是好呢？"

正说着，有人过来禀告要我们到刘家大祠堂去。屋外的光线刺眼，鸟儿在树上叽叽喳喳不安地跳来跳去，刘家上下的人都在那里，刘老夫人威严上座。

"上午我在书房核对账目，拿出些银两放在桌上，准备给厨房做采购之用，忽然听说我儿咳嗽得厉害，我忙去探看，忘了收好银两，等过了片刻，我再回到书房，桌上的银两就不见了，不知是谁这么大胆，偷拿了这些钱，这事一定是要查清楚的，是谁做的，现在快快自己说出来，不然，等查出来就送到官府，到时候就等着吃官司吧。"

刘家上下一阵议论，翠儿害怕了，躲在我身后，我们都不知如何是好，到查出来时，后果自然不堪设想，如果现在承认了，刘家的人也一定不会轻饶翠儿。我十分焦虑，忽然感觉有目光注视过来，是弈公子，目光温和而坚定，好像读懂了我的无奈，他忽然大声说道："老夫人，这事是我做的，请处罚我吧？"大家又是一阵议论，翠儿惊讶地瞪大了眼睛，我一阵酸楚和感动，他已经猜出来了，为了不让我们陷入难堪的境地，为了不让我失去翠儿，他挺身而出承担了这一切。翠儿低声抽泣起来，我想她也知道自己错了，弈公子又一次帮了我，刘老夫人很惊讶，"弈辉，看你一向老实本分，怎么会是你？快从实招来，你虽是老生外甥，但家有家规，当真是你拿的，我也定不轻饶。"

　　"禀老夫人，都怪我一时糊涂，近日我于古玩店闲逛，对一件玩意儿喜爱有加，但它价格昂贵，我一时没那么多钱，午膳时喝了一些酒，路过书房看到桌上的银两，一时贪心，借着酒劲，就偷拿了银两，一时糊涂，请老夫人责罚。"

　　"弈辉啊弈辉，平日里你对刘府的事务倒也尽心，我也按月给你发放银两作为你的酬劳，但你不该玩物丧志，竟为一己私欲失了本性，你虽主动承认知道悔改，但家规不可废，来人啊，打弈辉二十板子，再罚他三月没有薪金，大家引以为戒。"

　　看到弈公子被痛打了一顿，我的心也隐隐疼痛，我找了些治伤的药又从我园中摘下红艳的石榴拿给他。

　　"谢谢你，又一次帮了我，医书上说这石榴可以收敛止血，你拿去吃吧。"

"这点小伤对我来说没什么大碍的，谢谢你。如果有苹果，我倒是更乐意吃苹果的，这石榴也不错，很好看，是从你园中摘的吗？我收下了，不用太过挂虑了。"

我回到房内，想起他为我做的这些，我心存感激，我要怎么做才能让他高兴呢？到了夜晚时，月光皎洁明亮，我和翠儿拿出典当首饰买来的许多苹果，在月色中手拿一个个苹果用丝线挂在刘家大院的树上，我想到明天，就会看到不少"苹果树"了。夜晚的天气凉爽，而我额头却渗出细密的汗珠，我的心是喜悦的。

第二天，刘府的人都非常惊奇地发现，刘府中间堂屋门前的六棵树上，一夜之间竟挂满了苹果，那些鲜艳的果实仿佛长在树上，清风吹拂，满院飘着苹果的香气。

弈辉看到这一切后，他找到我，我终于

从他眼中看出了惊喜，"谢谢你兰欣，我知道是你做的，让这树上一夜里长满了苹果。"

"你为我做了那么多，而这不算什么啊，听你说喜欢吃苹果，快尝尝啊，我希望你快乐。"

"谢谢你，你是千金大小姐，而我只是个不得志的书生……而且，你还是我表嫂……"

"我和你表哥刘员外算是成亲吗？你当真把我当你的表嫂了吗？"

他没有说话，默默离去，天空霎时多了几片乌云，暗淡了下来。不久，弈辉送我瑶琴的事被传开，刘府上下不时有些风言风语传出。不几日，弈辉向刘老夫人辞行，提出要去京城，请老夫人帮忙照顾他的母亲，刘夫人知道弈辉本性忠良，为了避嫌决定远走京城，就答应了他的要求，打听到弈辉要离开的时间，我偷跑了出来。想送他一程。初冬的阳光昏黄，草儿早已枯萎，山上的树木也秃着枝丫，我在往京城方向的驿道等候，终于在轻笼的薄雾里看到那熟悉的身影。

"听说你要去京城，特在这里等待，让我送你一程。"

"谢谢你，兰欣，我走了，去遥远的地方实现我的另一种人生。兰欣，答应我，不要挂念，好好照顾自己，有缘他日定会再见。"

眼前的人虽然近在咫尺，马上却要各分南北，瞬间好像残月相照，他转身离去，我深情地望着他，希望他能再说些什么，但他什么也没说，远远消失在了轻雾中。我深情眼望他离去的身影慢慢消失，冬天的凉意仿佛侵入我的心底。

刘员外的病情在寒冷的冬日异常严重，刚过第二年的正月，没挨过正月十五，刘员外还是离去了，在万家沉浸在过年的欢乐氛围时，刘家却办着丧事。刘老夫人允许我和翠儿离开刘家，最后我还是回到了父母的身边。

第五章

泉州再见共谱情缘

　　不知不觉间，到了三月，春意盎然，小溪与青山笼罩在微微细雨之中，微风吹拂水面，荡起涟漪，楼台倒影荡漾，鸳鸯在水中畅游，黄鹂在翠柳上鸣叫，碧绿的柳丝轻拂长堤，早开的桃花一片粉红地鲜艳在春光里。春色美好，家里这时也是好事连连，父亲的病好转起来，而且父母还认翠儿做了义女，翠儿真正成了我的妹妹，我的久没消息的姑母找到这里，来到了家中。

原来姑母在离我们不远的泉州，泉州杨柳笼烟，小桥如画，街市尽列珠玑宝玉美酒绸缎，而且海外贸易昌盛，十分繁华，我的姑母苏绣工艺精细雅洁，远近闻名，在那经营着一处生产苏绣的产业唤作绢绣楼，出产华美秀丽的丝绸刺绣。再见到姑母，全家都很高兴，姑母给了家里许多资助，并要求我去她那里帮忙。

姑母早年守寡，没有子女，一直未改嫁，专心苏绣工艺，等现在创下偌大的绢绣楼时，年龄也大了，她想找个人接班，父母也很希望我去帮姑母料理。于是，我随姑母来到了泉州，父母由翠儿照顾着，我跟姑母学习苏绣，技艺日渐精进。不久，听到了以往在京城认识的陈公子的消息，原来，及第考中的陈公子已娶了一位朝中高官的千金。

　　我帮助姑母设计精美的刺绣，打理日常
事务，不觉春风化雨，冬雪飘落，已三个寒
暑。我将一切精力放在这些绸缎丝绣上，姑
母说我的聪慧和美貌让绢绣楼的生意变得更
好了。其间有不少名门望族的子弟仰慕于我，
为我向姑母提亲，我全部回绝。无心顾及感情，
只因心底时常有一种莫名的情愫回荡，我时
常一人在夜晚弹奏那把瑶琴。不久，我们生
产的大量丝绣销路不畅，绢绣楼面临着一次
危机。正当我们忧心之际，忽然收到一位来
自京城商人的订单，要我们所有的丝绣品，
还对我设计的蝶恋花的刺绣品提出更多的需
求，这无疑是对我们绢绣楼的一次挽救。

　　当这位衣着华丽、儒雅潇洒的商人出现
在我的面前时，我惊讶不已，是那个曾经一
次次帮助过我的弈辉公子。我欣喜万分，心
中如春花开放，内心的激动告诉了我，对他

存有多大的感情。他看我的眼光充满温情，我轻轻问道："怎么会是你？"

"为什么不会是我？"原来他到了京城后努力拼搏，积累了一些钱财后做起了生意，凭借他的勤劳与聪明，发展为现在富甲一方的商人！

"其实我一直在打听你，听说泉州绢绣楼有一位温良贤淑貌若天仙的绣女，当我看到绢绣楼出产的蝶恋花的丝绣品时，我相信一定是你。"

"因为那蝴蝶是我依你曾给我扎的风筝的样子和色彩而绣的。"

"你还没有忘记啊？"

"忘记什么？忘记你扎的风筝？忘记你送我的瑶琴？忘记救翠儿所受的伤？忘记你在黑夜中为我找寻生存的希望吗？"

"兰欣。"他叫我，满含深情，"其实，

那些都是我心甘情愿做的啊。三年了，我对你一直念念不忘，只因世俗，以前我不能表达心中情感，如今，你我终于再无牵绊有缘于这里再次相见。"

"今天相见，以后还要离别吗？"我眼中微微含泪，期待他的回答。

"如果你愿意的话，我愿意永远在你的身边。"他走近握住我的双手，我知道我已决意把漂泊的命运交于他了。

"是你，在我穿上嫁衣时把我从家中接走，我却没能成为你的新娘。"

"是啊，那是我多大的遗憾，但上天眷顾，又遇到了你，我要娶你，你愿意成为我的新娘吗？"

我微微点头，他搂我入怀，无限的幸福，窗外春光灿烂，草木含笑。姑母对我选择弈辉作为意中人也很满意，以后的日子，弈辉

留在了绢绣楼，我和姑母依旧负责丝绣品的
生产，弈辉负责销售。

第六章

爱情升华准备婚事

  春色的暮夜，微凉的寒意中飘来杏花的香气，看到他劳累的样子，我精心为他准备晚膳。我将上好的鲤鱼洗净剔肉剁成泥状放入碗中，打入一个蛋清，加少量的盐、少量的江南稻米粉、少量的米酒。搅拌完后，捏成细小的鱼丸，锅内的鸡汤开始沸腾，我将鱼丸和切好的姜丝、香菜、洋葱、野山菇放入锅里，搅匀加上半勺盐，少量的椒粉。盛出时在汤内加入香油和青菜，颗颗精美圆润如珍珠的鱼丸在青菜下，散发出袭人的香味。

他轻尝一口，夸赞道："谢谢你，兰欣，想不到你的厨艺也是如此精湛，做得如此美味。"

"看到你这么劳累，能做出让你开心的美味饮食是我的希望。"屋内一盏青灯，桌上银盘残羹，弈辉独倚楼台，眼望远方，我为他披上一件紫绮上衣，他转过头温存地抱住我，我问道："辉，你爱我，是因为我的美貌吗？"

"还有你的善良和温柔，世间有许多的事要做，本来是漫无目的的，而我把爱你当作生命意义的时候，我发现生活充满了激情。"他继续缓缓说道，"绢绣楼的发展进行得很顺利，等再过一阵子，我们就把我们的家人接过来一起生活，姑母说不久让我们全权打理绢绣楼，然后，她就给我们挑一个好日子，办个风风光光的婚礼，那时，你就是我真正的新娘。"我低头含笑，一会儿，清风吹起。

"外面起风了，回屋里吧。"我想为他削一个苹果，他却执意要削给我吃，忽然听他"哎哟"叫了一声，我慌道："怎么了，削到手了吗？让我看看。"他不让我看，脸上分明是难受的表情，我心疼地拉过他，"怎么这么不小心啊，疼吗？"他举起苹果要喂给我吃，却看他的手根本没伤。

"哦，你骗我哈。"

"呵呵。"他笑道，"要看你是不是心疼我啊。"我左手握拳捶向他的胸口，他抱住我笑着，"好了，下次不敢了，兰欣，好久没有听到你弹琴了，今夜，清风徐徐、花香怡人，为我轻抚一曲吧。"

我端坐琴前，玉手拨动一根根琴弦，悠扬婉转的琴音飘荡起来，为心爱的人奏一曲心中动人的恋曲是一种幸福。弈辉也吹起深情的笛子，我们相互婉转，共奏着这世界上最好听的声音，美妙的声音在夜色中慢慢飘散。世上没有任何一种事物跑得比时间和生命还快，赛过光阴的不是速度，而是爱情在两个灵魂之间的慢舞！

弈辉在附近购置了一座豪华的大宅院，又招募了一些可靠能干的用人。我和姑母回去把我的父母和翠儿都接了过来安置在这个上好的宅院里，一家人都很高兴，父母对弈辉也很满意，尤其是翠儿知道了我和弈辉在一起，高兴地说："终于盼到了，当年的弈公子终于成了姐夫了。"一家人在一起尽享天伦之乐。

　　不久，这里雨水连绵，数日未停，远地的商家因为担心我们的丝绣原料质量受到影响，都不再选择我们的丝绣品。看着苍翠的山峰沐浴在漫无边际的大雨中，我们都担忧起来，生产已经停止，库房囤积了大量的原料丝绸，绢绣楼面临重大的危机。正当我们都为丝绸囤积无销路着急时，弈辉突然说出令人惊讶的决定，他说要收购其他同行囤积的丝绸，我从他的神情看出他的坚定，我相信他，冷静的他绝对有改变局面处理问题的方法。我们拿出积蓄以很低的价格大量收购了原料丝绸，又买了一些制伞的材料和工具，让工人们转产做起了丝绸雨伞。外面的天气依然阴雨沉沉，很快我们的丝绸雨伞做了出来，我们制作的这种伞比老式的油纸雨伞更加精美、轻盈，色彩鲜艳而且价格不贵，此时上市，更是引起了大量的抢购。我们在这场原本的危机中转危为喜，直到云雨退去，天气转晴，我们获得了巨大的收益，而且还为绢绣楼开创了丝绸雨伞这个新产品。弈辉以他的冷静和灵活又一次拯救了我们的绢绣楼，姑母放心地把这里的事务全权交给我们打理。

弈辉回到刘员外家，把他母亲接到这里，他母亲见到是我与弈辉一起，非常高兴，父母、姑母与弈辉的母亲都安排在备好的大宅院，几位老人都怡然自得、相处和睦，翠儿有时也跟我一起在绢绣楼里学习，她本就聪慧，没几日，便长进颇大，大家都各行其是，轻松自在。

湛蓝的天空万里无云，阳光明媚，暖风洗过的山峦格外苍翠、清静，我的心情也非常舒畅。姑母说这月十六是个好日子，给我和弈辉举办婚事。我心情喜悦，欣然拉着弈辉出外踏青，也为我的刺绣寻找灵感。

　　我们来到野外，见到湖中荷叶青翠连成绿涛，荷花含苞迷人，尖尖小角上蜻蜓、蝴蝶翩翩舞蹈，清风中莺歌燕舞，争相婉转，小草也显得风情万种，菜花地里一片金黄，香气四溢，引得蜂舞蝶飞。我在花海中欢呼雀跃，纱裙沾满怡香的花粉，一路追逐蝴蝶到了花海深处。看到弈辉远远追逐过来，我故意藏匿花丛之中，见他在一片金色的花海中左顾右盼，呼喊我的名字，我忽地站起将一捧花瓣抛向惊喜的他，他抱起我旋转在这花海中，洋溢着满满的幸福。

　　我们相拥泛舟河上，只听前面草丛里青蛙欢快鸣叫，声音洪亮，小船驶近，一只青蛙跳到船上，鸣叫几声继而又跳到河里，我拉住弈辉，调笑道："你看，像不像你？"

弈辉爽朗笑道："我怎会像青蛙？"

"像它一样的胆大可爱啊。"我们在一片幸福的笑声中拥在一起。

河水静静流淌，时间也像流水一样慢慢汇成生命的长河，而我们因为有爱如同乘一叶彩船在河中畅游，一路欢歌。

第七章

红颜薄命王爷抢人

大家都喜悦地为我们筹备着，因为再过几天就到我们成亲的日子了，我也在喜悦中等待着，然而，谁也没有想到喜悦的心情会随着之后发生的事就此消失，我们的命运也从此发生了巨大的改变。我精心设计的明媚春光图灵动而绚丽，深受大家喜爱，燕山王荣王爷在此地游玩，听说了我们刺绣的名号也派人来这里购买，来的是王爷的主管——

一个姓丁的长史带了几个手下买了不少的丝绣。不过，他那种直勾勾盯着我看的眼神让我厌恶。过了几日，这天上午，弈辉外出去忙，我和翠儿在绢绣楼里打理，忽然听到外面十分喧哗，出来查看，见众多男子身着统一的长袍马褂站在院内列队两边，中间站着几个人，其中有那天来采购的丁长史，然后从他们身后走出一个人，幞头纱帽、身着紫色饰云纹的圆领袍衫，他高正的鼻梁、浓密的胡须，眼神充满威严，原来是燕山王荣王爷带人来了。王爷的霸气充满整个绢绣楼，他兀自盯着我看起来，慢慢说道："果然是美人，美若天仙啊。"原来，这王爷也是个贪恋美色之徒。我隐隐觉得不妙，王爷的话果然让我吃惊：

"欧阳绣女，你生得闭月羞花，何苦待在这小小的绢绣楼，不如跟了本王爷随我到燕山自在逍遥如何？”

“使不得，王爷，小女子已有意中人，而且近日就准备成亲了。”

“近日成亲？哈哈哈，跟我成亲也是成嘛，跟着我有你享不完的荣华富贵，走，跟我回燕山，我带你回王府跟我成亲。”

“不行啊，王爷，万万使不得。”

“本王爷想要的人还没有得不到的，来人啊，给我带走。”

不由分说，我被他的手下带上燕山王华丽的马车，翠儿被王爷的手下阻挡着，她大声地喊着：“姐姐，姐姐。”

我想要挣脱，却被人拉住，我急得流泪，大声地叫着翠儿：“翠儿，告诉公子，照顾好爹娘，我可能回不来了，让公子忘了我吧。”

“姐姐，姐姐。”翠儿的声音越来越小，我被关在马车里，因为我是红颜，所以要薄命吗？我伤感痛哭因为不能和心爱的人在一起，弈辉啊，我是多么想成为你的新娘啊。

　　车队离开泉州，去往北方，向着茫茫燕山行进，一路昏昏沉沉，车队进入了尘沙飞扬的沙漠。在远处时隐时现的风尘里有一大队人马，听左右的人议论，那是沙漠的马贼，时常会袭击人员稀少的车队。我思念着弈辉，却不知道他现在在做些什么，可我知道，他会和我一样非常的伤心。远处的风沙中，几株胡杨显得孤单而萧索，我不知道弈辉会不会来找我，可是孤单的他要怎么应对叱咤风云的燕山王。

　　最后，我们抵达了燕山之上，燕山王得意地展示他的王府是如何的气派非凡，让我欣赏这金碧的柱廊、丹楹彤壁的行宫、绿树掩隐着汉白玉栏杆的楼阁、反射着明暗不一溢彩浮光的琉璃瓦，我却没有欣赏的心情。我拒不同意与王爷成亲，被孤独地关在静漪苑。远望高高的楼角在斜日映照下伸上青空，暮夜，想起与我心爱的人分别，我忧伤落泪，忽然听到窗外有熟悉的声音轻唤我的名字，竟是弈辉的声音！我激动不已，他锯开窗户跳进来把我紧紧地拥在怀里，轻声说道："兰欣，我来了，我带你走，你不要这么忧伤。"

"忧伤是因为思念你，不必在乎我的忧伤，只要有爱，就是幸福的。那么你呢？为什么这样不顾一切地追到大漠？"

他深情地看着我，说："我怎么舍得你离开我？听翠儿说燕山王抢走了你，我安排好家里的一切，也随后追了过来，因为只有和你在一起，我才会不孤独、不失意，只有你在身边，我才觉得幸福。"我紧紧拥着他，满眼激动的泪水。

"刚才让几个手下引开了守卫，我才得以进来，快，我们得赶快离开，我一定要带你走。"

趁着夜色，我们躲过守卫出了王府，怕有人追赶，我们选择走另一条路，因此和他之前留下七八人的马队走散。我们依偎着越走越远，远离了王府，远离了苍翠的燕山。夜更漆黑了，我们进入茫茫的大漠，我们相互依偎就如他第一次救我时，相互搀扶着在黑夜里前行。不觉到了白日，骄阳似火，火热的阳光灼烤着尘沙，我们艰难跋涉，身影在沙漠蒸发的气流中时隐时现。弈辉随身带的水和干粮所剩不多了，我们只有依靠自己的力量走出这无垠的尘沙飞扬的沙漠。黄昏，尘沙扑面吹来，沙漠里呼啸的风声仿佛千百年来对沧桑变化、对时空流转、对永恒情感的低沉呜咽，他挡在我前面为我遮住风沙，我们走了两天了，都已经是饥渴万分筋疲力尽。我因为有爱而不再畏惧，可我们又怎么抵挡得过这无情暴虐的风沙浩瀚荒凉的沙漠？我们双双倒在风沙之中，前方有一辆半截埋入风沙的旧马车，他慢慢起身把我扶到里面躺下。

"辉，我没有力气了，我们没办法走出这沙漠了，可能会死的，会永远留在这沙漠里。"

"兰欣，相信我，我们一定会没事的，我去找人帮忙，你等着我回来，我们不会死的，相信我。"他把仅有的一点水留给我，转身走入呼啸的风沙。

黑夜来临，我一动不动地躺在这里等待着他带回生的希望，可他同样行走了两天两夜，同样虚弱无比，如何能走得动，又到哪里找寻希望呢？方圆数里只有无情的风沙。

上一次，在黑夜的山洞，他为我找寻生的希望，而这次，又是同样的黑暗，同样生死的危机，同样是我在黑夜中等待，不同的是这次在荒凉无尽风沙漫天的沙漠，古往今来，这片沙漠千百年的沉寂、疯狂，吞噬了多少人的生命，淹没了多少人的理想，埋葬了多少人的爱情。我决意做弈辉的新娘，难道逃不掉可望而不可即的宿命？我躺在这里，意识慢慢离我而去，风沙吹过我倾国倾城的容颜，长发和衣裙一点点被风沙淹没，我只能静静地等待，仿佛千百年来我注定会在这里等待，等待着生，或等待着死，等待尘沙的淹没，等待历史的淹没，淹没我这绝世红颜！

不知过了多久，恍惚中好像听到人马嘈杂的声音，这声音从风沙中传来。一会儿，我感觉被人扶起，我虚弱地睁开了眼，远处是无尽的黑夜，可眼前却人马众多，无数的灯笼、火把光亮耀眼，抱起我的竟是燕山王荣王爷。他把我抱上华丽的马车，而疲惫憔悴的弈辉却在不远的尘沙上深情地看了我一眼，就倒了下去，风沙无情地从他身边掠过。原来他穿越风沙又回到燕山王府，让燕山王来救我。我想要跳下马车，与他在一起，身体却没有一丝力气，我恨不得陪伴他一起被黄沙淹没，却只能流泪看着他一点点从视线中消失。

　　我被带回燕山王府在静漪苑静养，过了两日，我恢复过来，燕山王送来了许多的珠宝、黄金、玛瑙、象牙、貂皮，我统统扔了出去。

　　"你安心跟了我，我保证你要什么有什么，可以呼风唤雨，我的一切财富和权力都可以给你。"

　　"拿走你的财富和权力，对于我那些什么都不是，我心里只有他，没有任何人可以代替，我全部的爱只属于他，你要是再逼我，我就撞死在这玉柱上，让你看到我的鲜血。"

燕山王暴怒，"那个男人有什么好？恐怕早已死在沙漠多时了吧，你们很相爱吗？我让你们一辈子都见不到。"从此，我被关在静漪苑内，每日山珍海味，却不能走出房门。

第八章

孤单清冷两年再见

　　夜空的明月清冷而孤寂，一只青鸟飞到我的窗前鸣叫，看着那可爱的样子，我喂给它食物，它竟不躲避，安然地吃完后又歌唱了一阵在月落之时离去。以后，每当月亮升起时，这只青鸟就会飞到窗前等待我喂它，在这冷清的岁月里感谢还有这只青鸟与我为伴。想到弈辉孤寂地待在那凄冷的大漠不免内心凄凉，可我坚信他还活着，他还为我活着，一盏孤灯忽明忽暗，欲借酒一醉，却化成滴滴相思泪，铜香炉内檀香冒出的缕缕青烟如我思念他的九曲回肠，纵使夜风能吹展我紧敛的青黛蛾眉，又怎么吹得开我心底的思念？

　　清冷的岁月一天天地过着，只有我满心的期盼。荣王爷不死心，总以为我会挨不过这孤独禁闭的岁月，可他每次来，都是失望而去。他不知，当一个人全心全意爱另一个人时，内心的信念可以抗衡所有难熬的时光。当喧嚣归于平静，当虚荣化为尘烟，多年以后，我依然不会有遗憾，因为我真的爱过，刻骨铭心！

　　就这样过了两年，一天夜里，我像往常一样等待那只可爱青鸟的飞临，可迟迟不见它的来到。到夜深时它才到来，它欢快地舞蹈，比任何一次都动人地鸣叫，我正准备喂它，它却飘然飞去。我有点纳闷之时，忽然王府里灯火通明、人马嘈杂，一会儿整个王府大乱不已，人声鼎沸，兵器击打声、马嘶叫声，响彻整个燕山王府。

只听外面喊道"不好了，马贼袭击王府了"。我的房门突然被撞开，灯火中一个头发散乱、面容冷峻、皮肤黝黑的人站在我的面前，我忍不住流下了泪，我认出这是我日夜思念的辉，他终于来了，我的等待我的祈祷我的期盼终于有了结果，我激动地扑了过去。

"兰欣，终于见到你了，走，跟我离开这王府，离开这大漠。"原来，弈辉流落荒漠成了马贼。两年后的今天，他抢回了我，抢回了要做他新娘的我。

我在弈辉的怀里骑马狂奔于一片火海之中，忽然一支箭射中了弈辉的左肩，弈辉忍着痛抱紧我，骑马奔出了燕山王府，奔出了大漠。我们一路向南，来到一个美丽的村庄，

欣悦弈辉
XIN YUE YI HUI

细雨斜风，青草散发着芳菲，溪畔桃红柳绿欲迷人眼，我却无心欣赏。看到弈辉伤口疼痛难忍时，我的心也跟着痛起来，他左肩的伤，箭早已拔除，可郎中的话让我心碎，"箭上有曼陀罗花的毒，能撑这么久已经是奇迹了，这种毒是没有解的。"我偎在他的身旁，想起我们终又相见，他却马上要离开我，悲痛的清泪纵横，颗颗泪水滴在他的伤口上。

"兰欣，我的伤口不那么疼了，你的泪水有疗伤之能啊。"

第二天，辉的伤口奇迹般慢慢愈合，好转起来。传说曼陀罗花是用泪水浇灌而成，莫非解毒也需泪水？我不知道我的泪水是不是真的可以疗伤，但那泪水的确是从我心中流出，满含我的祈求和无限的爱意。

晚风吹拂，吹来桃花清香，我倚着辉，问道："辉，我们在一起是奇迹吗？"

他抱着我，"当我们两人都相信这份爱，并且无比坚定地相信时，就能够创造奇迹。我躺在茫茫风沙里风吹日晒。那一夜，沙漠里竟罕见地下起大雨，并在我的不远处，形成一个水潭，沙漠的马贼在取水时发现我竟没有死去，都认为我是个奇人，把我救了回去。我与他们生活在一起，发现他们大都做的是抑强扶弱劫富济贫之事，并不是万恶之人。我感激他们能够救我，沙漠的生活尝尽艰辛，但每当我想起你，我就又有了勇气。在一次行动中，我英勇无畏救了马贼的首领，他非常器重我，要安排我成为一个头目。我告诉首领，我无心权力只求时机成熟能给我足够的人马助我完成一件大事，我生命中一定要做的一件事，就是闯进燕山王府，救出心爱的人。如今，我终于做到了。兰欣，你曾说过，清风代表你对我的情，有风拂过我的身旁，代表你的情在我身旁，我就更有勇气活下去。"

　　"辉，你也曾说过，月亮就是你对我的爱，看到还有月亮，你的爱就一直还在，我就相信你从来没有离开我。"我依偎在他胸前。

　　"辉，如果因为我的美貌让我们爱得那么艰难，我宁肯不要这美丽的容颜。"

　　"你的美丽是上天的赐予，我爱的是你，欧阳兰欣，什么也不能阻挡我们的爱，哪怕是走上黄泉。"

　　我们紧紧相拥在一起，我相信，两颗真心生出的爱能够超越一切，甚至超越生死。

第九章

救下公子再次离别

王爷府被马贼袭击,我从王爷府被带走,弄得天下震动。上边下令,各地官兵到处追捕我们,我们躲避不及,还是被当地官兵发现了踪迹,弈辉为了保护我而被官兵抓获,在审判时,满身伤痕的他始终不曾低下高昂的头。

"大家看着,这个男人就是胆敢袭击燕山王府抢走燕山王夫人的马贼。"

但他眼中丝毫没有畏惧之色，我知道有
种激情满怀在他的心中，那是我们的灵魂，
穿越时空融合在一起升华的情感。我躲在围
观的人群中，用缦纱遮住我的容颜，看着弈
辉伤痕累累，戴着枷锁，我内心伤痛，忍住
拥抱他的冲动。他如此坚强就是为了保全我，
我要冷静，我要救他。最后他们要把弈辉押
送到州府的大牢，他戴着枷锁被几名押送官
兵看护着缓步前进。云雾低沉，碧水含恨，
山川一片萧索，可怜我心爱的人又要受这牢
刑之苦，我忍住哭泣。这一世，我欠他太多，
为他哪怕用我生命交换也愿意。

我跟在后面，当他们到驿桥边时，弈辉
终因疲惫不堪跌入了河流，河水奔涌，辉顺
水而下，但他不善游泳，眼看快要被河水淹没。
我纵身跳入水中，奋力划水到他身边抓住了
他，但河水太急，我们被冲到了下游，下游

水流较缓，我用尽全身力气，拉住弈辉游到岸边，把他推上岸后，我已经筋疲力尽。我顺水向下漂去，缓缓地看到辉挣扎过来，他虚弱无比，根本无力站起，只是缓缓地伸出手，含泪喊我的名字"兰欣"，那声音似乎穿过我的心房，我在冰冷的河水中顺着水流越漂越远，远离了辉。我看见前面河水急速下流、轰然作响，我知道我马上就要坠下瀑布，我挣扎了几下，却游不动，瞬间，我掉了下去。轰鸣而下的水流声震耳欲聋，冰冷的水流打在我的身上，我满身沾满水珠飘然下落。恍惚间，我看见远山那一片红艳的枫叶，而我也像一片枫叶飘下，我想我将会飘向很远的地方，远离家乡，远离心爱的人！

第十章

河中被救渔舟生活

　　我在黑暗中想要呐喊，想要追逐，却不能做到。不知过了多久，我感到身体周围一阵温暖，恍惚间我被人扶起，一股热汤从我口中流入。我疲惫地睁开眼，这是一条木制的疍家屋船，空气中有鱼腥味和些许淡淡的水草香，一个慈祥的老妇人正端着一碗热气腾腾的鱼汤喂入我的口中。

　　"孩子，你终于醒了。"

"这是哪儿啊，我怎么会在这里？"

"孩子，我和老伴在河里打鱼的时候看见你在河里漂着，把你捞了上来，看你还有口气，就把你救了回来，现在你终于醒了。"

我扶了扶有些发昏的额头回忆我掉下瀑布的刹那，看着这位老妈妈慈祥的面容，我心存感激。这对老人还有一个儿子，青春的年纪，眼睛却看不见，因小时得病却无钱医治，以致目盲。

时光似溪水流淌，经过多日的调养，我气色好了许多，这天风清气爽，两岸的山峰苍翠而巍峨，河水泛着青绿的颜色，一轮暖日高高地挂在前方。我站在船头，渔船轻快地向前驶去，迎面而来的风吹在我的脸庞柔和而清爽，我青雾般的裙裾在风中吹拂，长发随风而飘，过往船只的船夫、岸上的行人，都伫立观望。

"姐姐，今天的天气很好吧？"

我回头，一个面容清秀、眼光昏暗的青年摸索着从船舱走出。

"是的，阿林，过来一起吹吹暖风啊。"

"如果我的眼睛能看到就好了，听阿妈说姐姐非常的漂亮，姐姐，每天陪我、照顾我，真是非常感谢啊。"

阿林很善良，平日里，我总是帮他帮两位老人做一些事，也是我对他们的报答。我想去寻找弈辉，却不知自己身在何处，他又在哪里，待在这里时日稍长，我当真就像一个渔家女子。我时常在渔火闪烁的寂静月夜走出船舱，一弯新月斜挂，江边秋林在月色辉映下迷迷蒙蒙，波光粼磷，小小的萤火虫也一闪一闪飞过，我多么希望这萤火虫能飞到辉的身边，带去我对他的思念。这天我终于对老妈妈说出我的心事。

　　"你要离开这里吗？孩子，可我们已经顺流走了很远的路程，你知道你要去哪吗？我们都很喜欢你，尤其是阿林，你不要忘了，我们对你可有救命之恩啊，你如果要报答我们，以后就不要提走的事。看得出阿林非常喜欢你，你如果不嫌弃他看不见的话，以后，你就和他在一起吧。"

　　"什么……这不行啊，阿林很善良，我不是嫌弃他眼睛看不见，我一直都是对待弟弟一样照顾他，我是有心上人的……"

　　"我们对你不好吗？"

　　"你们对我很好，可……"

　　"阿妈不要说了，"阿林从船舱慢慢走出，"我要和姐姐结拜姐弟，要她一直当我的好姐姐。"

　　我拉住他，说道："阿林，我答应你，你也一直是我的好弟弟。"

由于不知道去往哪里才能找到弈辉，我离开的想法也暂时搁置。此后，我换上渔家的布衣，挽起秀发，时常随老人一同打鱼。渔舟唱晚，清风明月，在打鱼的闲暇，老人会教我垂钓的乐趣。沐浴在轻烟细雨中，看着白鹭缓缓飞翔，桃花瓣逐水流去，等待水中的鱼钩振荡出涟漪，这种乐趣我希望有个人能陪我共享，那就是辉。

时间可以流逝一切，但爱却可以永驻，尽管爱得那么忧伤，只有记忆以一种深刻的不可触及的形式存留在心里。我希望与他相见，我向江水呼唤，向夜空祈祷，祈祷他平安，我相信一定会与他相见的，还会和他在一起。

第十一章

得到消息去往蓉镇

以后的日子，阿林的眼睛有了光感，慢慢好转起来。一天，阿林终于恢复了光明，看到了红花绿草，看到了碧水青山。当他看到我后，显得非常的惊喜，"姐姐，我终于知道了什么叫沉鱼落雁，原来你这么美丽。"

"阿林，你的眼睛能看到了，真是太好了，老天终于发善心了。"

"欧阳姐姐，其实……"

"什么事啊？阿林。"

"其实有一天你和阿爸去打鱼时，一个青年大哥找到这里说要寻找一个叫欧阳兰欣的女子。阿妈告诉他，我们是救了一个美丽的女子，但女子为了感谢救命之恩已和目盲的我成亲了，那个青年大哥听后就走了。不久之后，来了一个名医为我诊治，给我拿了药，说是有人专门请他为我医治眼睛，我每日吃药，今天才能重获光明。我想那个大哥应该就是姐姐你的心上人吧。"

"什么？"我恍然如梦，"他在哪里？告诉我，他在哪里？"

"他说他好像在江南蓉镇的竹林里。阿妈也是不舍得让你离去，所以才……希望姐姐你能够原谅。"

我离开了他们，乘船去往江南蓉镇。他为了帮我报恩，而请人治好阿林的眼睛，只有他才会这么做，我要云见他。两岸的青山远去，小船轻快行驶，我的心早已飞到辉的身边，辉，你曾对我说："对于世界来说，我是一个人，但是对于你来说，我就是整个世界。"此刻，我愿我的灵魂脱离我的身体飞跃千山万水来到你身边告诉你，我多么想一生一世和你在一起。

第十二章

见到公子却让离开

当我来到竹林时，那一片郁郁葱葱青翠欲滴的竹林沙沙地轻声摇曳，好像在等着我到来。我想这一刻，我是在等待，像等待了千年。我穿过竹林，在溪水边的竹楼旁看到了他，那个我朝思暮想夜夜入我梦的男人。

"弈辉。"我高喊着向他扑了过去，他依旧俊朗，但形容异常憔悴，两鬓已经变白。我倚在他怀中，泪水早已似春日梅雨泛滥起来，我以为他会拥着我千年万年，飞跃梦的尽头，却只听见他淡淡地说了句："你怎么会来？"

我抬起头，怀疑自己听错了。是的，是我日思夜想的弈辉，他变得憔悴了，憔悴得让我心疼，可他的眼里却是漠然。

"辉，你怎么了，你不认得我了吗？我是兰欣啊，我来做你的新娘啊！"

"你不是都已经和别人成亲了吗？　"

"没有啊，辉，那是他们骗你的，他们不想让我走。"

"不管怎么说，人家对你总有救命之恩，你应该报答。"

"那你的恩情呢？那我们的爱情呢？辉，你怎么了？你不是说过世界上最远的距离，就是彼此相爱却不能在一起吗？现在，我来了，我就站在你面前啊。你怎么了，你不爱我了吗？爱可以一泻千里，情可以倾国倾城，你都忘了吗？"

"爱是可以一泻千里，情也可以倾国倾城，但都过去了。"

我忽然觉得黯然失色，天也昏暗起来，心儿变得冰凉。人的心只有一个，如果注定要碎一次的话，下辈子，我宁愿选择还是为他。

"辉，你知道吗？你憔悴得让我心疼，你变了吗？不要这样啊，你的话让我心碎，记得在山洞里吗？记得我们的绢绣楼吗？记得大漠的风沙吗？"

"不要说了，"他低头垂目打断了我的话，"繁花落尽，如梦无痕。沧海桑田，都已经过去，我会照顾自己的，希望你以后过得好，你走吧。"

我的世界分崩离析，却见他在风中走向远处，只剩下我一个人，仿佛天地宇宙只剩我一个人。为什么会变成这样？我的灵魂仿佛被抽去，我终于知道这世界真正最远的距离，那就是狠心对爱你的人设一道永不可跨越的沟渠。我茫然失神地游走在归途，但我该何去何从？迟缓的脚步已迈不开，眼里的泪水迷蒙了前方的路，我昏厥过去。

"姑娘，快醒醒。"

我睁眼，路上的行人围在周围，一位老郎中用熏香让我苏醒。我看着竹林，问道："老先生，如果一个人的心死了还有的救吗？"

他缓缓地说道："竹林里的年轻人是你的心上人吧？"

我怅然含泪，我愿生生世世他都是我的心上人，可现在……周围的人议论起来。

"美丽的姑娘，那个年轻人跋山涉水，历尽辛苦要找的心上人就是你吧，你们怎么没有在一起呢？"

我心痛起来，老郎中缓缓说道："那个年轻人，大概活不久了，姑娘不要太伤心了。"

"什么？"我惊讶不已，周围的人也发出一阵叹息。

"他本就有伤，过度奔波，思念成疾，已无法医好，大概没有几天活了。"

第十三章

为爱相拥公子离去

我拨开人群，疯狂地朝竹林跑去。天空顿时乌云密布，电闪雷鸣，狂风四起，整片竹林仿佛在沙沙地哭泣。我泪如泉涌，原来他不想让我看到他死去，不想让我在他离去后悲痛欲绝，才那样狠心地对我。他是那么爱我，惊天动地亘古不变地爱我，这一点怎么可以怀疑？我几次摔倒，却只顾着向前疯跑到竹楼。"弈辉"，我呼唤起来，那个千万次在我梦中萦绕的名字。竹楼里没有他，我透过竹林看到远远的悬崖边上，是那个熟悉的身影。

"兰欣，原谅我。"他面对悬崖发出痛哭的声音，"我那么爱你，可是真的不想让你看到我死去，这份刻骨铭心的爱永远藏在我心里，到死也不会改变。"山谷里响起他悲情的呼喊："欧阳兰欣，我爱你一生一世。"一口鲜血忽然从他口中喷出。

"弈辉！"我喊起来，奔到他身边抱住了他，他缓缓倒下，虚弱地躺在我怀里，眉目含情地看着我，嘴角滴有鲜血。

"辉，你不要离开我，不要离开我。"

他抱住我，轻轻地发出声音："我跋山涉水，后来终于有了你的消息。我找人医治那个目盲的青年，想帮你报恩，也希望你过得好，但我知道总有一天，你会回来。可我就快死去,不忍让你看着我离去,才那样对你,我爱你,用整个生命爱着你。"

我抱紧他痛哭,"辉,我也爱你,生生世世都爱你。"

"曾经在我的梦中出现过一个着凤冠霞帔的女子,我牵着她的手走过春花烂漫,却看不清她的样子。当我看到你时,我相信那就是你,我们的爱早已注定,今生,我因为有你而不孤寂。我现在就要离去,但因为有你深深的爱与我陪伴,我就不会成为永远的孤魂。"

他缓缓地闭上眼睛,安详地睡在我怀里。

弈辉,我始终未能为你披上嫁衣,但今生,因为有你,我的生命变得绚丽,我的绝世容颜、我的一切,只属于你。

第十四章

共投悬崖祈求永爱

我低下头两滴晶莹的泪珠滴在他的脸上，我轻轻地吻向他的唇，我们不能同生，但可以共死。我双手紧紧地拥着他，一起投下了这万丈悬崖。

我们飘飞在一片灿烂的春花，飘飞在无尽的大漠，飘飞在一片璀璨的星光……

苍天大地，山川河流，宇宙苍生，你们要听到我欧阳兰欣的祈求：我祈求和弈辉的情缘生生世世都不改变，如果真的有轮回，我愿为你一千世地美丽，我做你一千世的新娘……